小詩磨坊

馬華卷 ❶

MALAYSIA

◆林煥彰◆
主編

目次

冰谷卷

何乃健卷

目次

蘇清強卷

晨露卷

朵拉卷

邡眉卷

目次

馮學良卷

林煥彰卷

六行小詩的新美學

林煥彰

一、小詩的緣起

「小詩」是詩的一種獨特形式。中國傳統詩中，五言絕句，四行20字；七言絕句，四行28字。以現在說法，都屬小詩的一種。民初，冰心創作的《繁星‧春水》，大多六行左右，50字以內；採用編號，沒有標題，也是一種小詩。日本著名的小詩：俳句，限定5、7、5三行17字，也是一種小詩。台灣現當代小詩，大多主張十行、100字以內。

現在，我們「小詩磨坊」提倡六行（含六行以內）小詩，在字數的要求上，儘量把握在70字之內。

二、小詩的基礎美學

研究美的性質及其法則之學，稱為「美學」。

小詩的基本「性質」，包括：語言、形式；它的語言和形式，有無既定必須遵守的「法則」，對創作者來說，是不存在的問題；現代詩的創作者，與一般「寫作者」不同，他的使命是「開創的」，從無到有；是「立法者」，不是「守法的人」。

小詩的基礎美學是：篇幅小、字數少、個性化、有創意。

三、六行以內的小詩

六行以內的小詩（含六行），一首詩該有多少字（含標點符號）？我們「小詩磨坊」沒有設定，但主張不宜超出70字；除非有特殊情況，或表現上的需要。一般在60字以內都可以辦到。

70字的設想是怎麼來的？以手機介面可容納70字而言，為利用現代生活科技的傳播方便；這是我個人的想法：利用手機寫詩。

四、六行小詩的新美學

「小詩磨坊」同仁遍布泰華、新華、馬華、印華等詩壇，我們共同努力要追求的「六行小詩的新美學」，是：

篇幅小，形式有精緻之美；

字數少，語言有簡潔之美；

個性化，意念有獨特之美；

有創意，詩想有創意之美……

五、六行小詩的技巧運用

善用標點符號；提升標點符號等同於文字，甚至超越文字的功能。

善用斷句分行；減低敘述性、增強跳躍性、凸顯意象和節奏感。

善用分段；靈巧變換情境，重視留白，擴大想像空間。

善用構思；獨特思考，表現創新意念，提高詩的韻味及詩質的濃度。

六、六行小詩1至6行的作品舉偶

小詩的形式是多樣的，靈活的；不因為她的篇幅小，而受到限制。以下是個人在小詩寫作的過程中，整理出的30多種形式，說明個人可以自我要求實踐；這些作品，如評論、教學需要引用，請務必註明作者及出處。

【一段式】（1～6行）

1. 一1行的

〈落葉〉
樹給大地寫情書

2. 2行的

〈靜〉
一個杯子裝滿一杯水
一顆星子掉下來，在水中溶化

3. 3行的

〈星星都不睡覺〉
夏天晚上，每顆星星

都把自已擦亮；
忙著為我寫情書。

4. 4行的

〈終於〉
雨停了，屋簷上
最後一滴雨水想了很久
終於，忍不住
掉了下來！

5. 5行的

〈談心〉
端一把椅子，
給他機會，
坐在妳身旁，
讓陽光跨進窗裡來，
喝杯下午茶。

5. 6行的

〈崇德橋畔的人家〉
南豐鎮裡有條崇德路
崇德路上有座崇德橋
崇德橋下有條崇德河
崇德河畔有棟崇德樓
崇德樓旁又有座崇德亭
崇德樓中住著崇尚道德的人家

【二段式】（3～6行）

1. 2：1行的

〈回家〉
鳥，攜帶暮色回家
我，提著沉重的腦袋

和空了的飯盒

2. 1：2行的

〈無師〉
先關門再走出去

禪或夢或日本俳句
都這樣鼓勵我

3. 1：3行的

〈鳥問〉
我站在窗口，我在思索

一隻鳥飛過
牠叫了一聲，問我：
傻瓜，你在想些什麼？

4. 3：1行的

〈春天〉
水冷得發硬。
一條小魚使盡全力
刺破冰凍的湖心

春天，你還在等誰？

5. 2：2行的

〈影子〉
孤寂的夜晚，我走入
孤寂的巷中

我唯一的伴侶，怕黑
竟穿牆棄我而去！

6. 3：2行的

〈留幾口〉
早餐時，少吃幾口；
午餐時，少吃幾口；
晚餐時，少吃幾口；

我為我的下一餐，
留幾口。

7. 2：3行的

〈一池蛙聲〉
一池蛙聲，
驚醒一個月亮；

剛出水的，一朵睡蓮
在風中
發抖

8. 2：4行的

〈鷺鷥隨想〉
縮起一隻腳，
靜，讓我掂出天地的重量；

縮著一隻腳，不費一分力
將天和地
輕輕舉起，又
輕輕放下

9. 4：2行的

〈都是問號〉
香港有堅道也有堅巷
香港有花園道也有擺花街
香港有東邊街也有西邊街

香港有水街也有山道
香港有醫院道不知有沒有病人街
香港有高街不知有沒有低街

10. 3：3行的

〈春天還在路上〉
我不忍批評她，
該來的時候
她就會來；

在路上，她總有些事要忙
比如什麼時候要開的花，
她總得為她們做些準備呀！

11. 1：4行的

〈蘆葦〉
沉思。

蘆花
在秋風中
越搖越
白

12. 4：1行的

〈有借有還〉

眼睛，借給我；

耳朵，借給我；

嘴巴，借給我；

心，也借給我……

我，死後都會還。

13. 5：1行的

〈雨天〉

一口老甕

裝著全家人的

心，放在屋漏的地方

接水

彈唱一家人的

辛酸……

14. 1：5行的

〈小雨點〉

小雨點，我的小愛人。

一個小雨點，一張小小的嘴；

一張小小的嘴，

一個輕輕的吻；

我的小愛人，給我

千萬個小小的吻……

【三段式】（4～6行）

1. 1：2：1行的

〈行道樹〉
你走，我不走；

我看日月，
日月看我。

你走，我不必走。

2. 2：2：1行的

〈在，無所不在〉
在天地之間，
我是風我是雲；

我的存在，不必在我
在天在地，在風在雲

在，在無所不在

3. 1：2：2行的

〈失魂的蝴蝶〉
牠在找自己的魂魄？

飛飛停停，每一朵花
都是前世嗎？

今生呢？是落魄詩人
心中的一塊疤痕！

4. 2：1：2行的

〈蒼蠅〉
我搓我的腳，誰說過
我在洗手？

（愛乾淨總是好的）

我搓我的腳，
干人類什麼事？

5. 2：2：1行的

〈無題〉
一個影子快速閃過——
那面牆，還是原來的

流浪的狗慘叫一聲，
以為身上那件衣服，不見了

這社會是屬於黑暗的！

6. 2：2：2行的

〈我的頭髮〉
我的頭髮，是越長越長了
為彌補逐漸光禿的前額；

以前我並不是這樣，
而常常是怒髮衝冠！

現在，順其自然就算了
已經沒什麼好再堅持了！

7. 1：2：3行的

〈再轉個彎吧〉
人生的路，不是直的

轉個彎吧！
看花看草，也看看鳥兒……

再轉個彎吧！
心就更寬了
有山有海，有天空

8. 3：2：1行的

〈空酒瓶〉

瓶，你是故意的

兀自站立著

空著肚子，也空著腦袋嗎？

望著漆黑的夜空

瓶，你是張著一張僵硬的嘴

你無聲的吶喊，無人聽懂

9. 1：3：2行的

〈聽聽自己的聲音〉

靜下來，可以回到自己的耳朵

聽自己的聲音，

聽地球的聲音，

聽宇宙的聲音⋯⋯

我需要靜下來，

聽聽自己的聲音。

10. 2：3：1行的

〈地上的詩〉
花草樹木，
是我心中的詩；

不能寫詩的時候，
我用寫詩的心，
種花種草種樹木；

它們是我地上的詩。

11. 3：1：2行的

〈螃蟹說〉
請別誤會，橫著走
是為了方便；
我們祖先是有智慧的。

不必凡事都跟著人類學；

我們有我們的
自己的哲學。

12. 1：4：1行的

〈夜的中央〉
蛙叫，在醒著的夜的中央

夜的中央在時間的中央
在黑白的中央冷暖的中央
在軟硬的中央方圓的中央
在動靜的中央睡醒的中央

我在，夜的中央天地的中央

【四段式】（6行）

1. 2：1：2：1行的

〈我只要睡眠〉
有人要土地，
有人要天空；

我，只要睡眠。

睡眠養夢，夢生
土地、生天空；

還有，相愛的人。

2. 1：2：2：1行的

〈椅子在看風景〉
在山路上；

椅子，請坐。
椅子，兀自坐著；

椅子，請坐。
椅子，自己坐著；

看風景。

3. 1：2：1：2行的

〈貓的眼睛〉
貓在黑暗裡，什麼都可以不要；

牠只要兩顆寶石一樣
光亮的眼睛，穿透夜的時空

孤獨寂寞，都不用害怕；

你知道嗎？夜被牠穿透兩個洞
黎明提前放射兩道曙光

七、結語：詩是什麼？

為詩下定義是危險的；詩是什麼？我只能說出一些「微妙的感覺」：

1. 詩是人生的態度。

2. 詩是現實的彌補。

3. 詩是善良的語言。

4. 詩是心聲。

5. 詩是真誠。

6. 詩是抒情。

7. 詩是批判。

8. 詩是慰藉。

9. 詩是不能不說。

10. 詩是發現。

11. 詩是想法。

12. 詩是宗教。

13. 詩是哲學。

14. 詩是只有付出沒有收入。

15. 詩是是是非非，似是似非。

16. 詩是有一切的可能，因為她一直都在演變中。

（2008.07.13/04:46台北縣汐止市研究苑／2008.07.20《小詩磨坊》泰華卷2.發布會演講稿）

冰谷卷

冰谷，原名林成興，1940年出生於大馬；曾任橡膠、可可、油棕園
經理。1996年出任黃金集團所羅門群島種植經理，把島國風土文
化、地貌習俗寫成《火山島與仙鳥》，成為一部引人注目的作品。
現為大馬作家協會永久會員，亞華、世華作家協會會員，馬華「小
詩磨坊」召集人。曾於沙巴《詩華日報》創辦「沙華文學」副刊，
大力向海外推介沙巴文學。著有詩集《我們的歌》（合集）、《西
貢，呵西貢》、《血樹》、《沙巴傳奇》、《填補》；散文集《冰
谷散文》、《流霞流霞》、《走進風下之鄉》。曾獲雙福2005年
度散文優秀獎。詩、散文收入《新馬華文文學大系》、《馬華當代
文學選》、《馬華文學大系》、《世界華文新詩總鑑》（中國版）
等；兒童文學作品收錄在《世界華文兒童文學選》及《世界華文兒
童文學作品選》（中國版）。散文作品也被選為中學華文教材。

樹叢　　冰谷

一只鳥，飛入
樹叢

發現沒有
樹。

螺絲無辜

螺絲和鋼支
把高樓的重量
提舉；

鎖在我的腳骨裡
撐起的，僅僅
幾公斤。

〈詩外〉物質擺在不同地方，價值觀也各異。（冰谷）

螺絲價值觀

為了一幢大廈，
被洋灰裹體
──悶死；

不如同腳骨共事一主，
天涯海角
任逍遙。

〈詩外〉鳥不因為鳥籠有食物，而忘了天空。（冰谷）

星星張眼

　　黑夜裡，星星張大
　　眼睛；

　　它們知道，這時候
　　人間的燈光最

　　溫暖。

〈詩外〉星光和燈光相互欣賞，詩人也應一樣。（冰谷）

冰山

免被大海
吞沒，必須堅持

冷。

〈詩外〉人類還不清醒，陸地就要變海洋了。（冰谷）

山的形象

遠看，山比我
矮；

近了，發現山
比天

高。

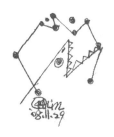

〈詩外〉不同視角，出現不同狀況。（冰谷）

![小詩磨坊]

菩提樹

誰說我不是
樹？聽我的
蟬聲、鳥聲；

還有鐘聲和
禪聲，都藏在我的
肺葉裡。

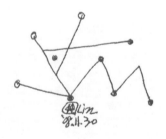

〈詩外〉禪機和詩意，總在文字之外。（冰谷）

青松

從一片葉子
你看見秋天了嗎？

山松得意地笑：
看我
綠色的傘！

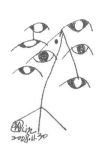

〈詩外〉從平面去看，很多時候往往失誤。（冰谷）

小詩磨坊

螢火蟲

你的火，夜夜燃燒
草叢：

草叢，還是
一片綠。

〈詩外〉謠言止於智者：清者自清，濁者自濁。（冰谷）

生命

假如割了再長
像韭菜；

生命，還有什麼
意義？

〈詩外〉生命只有一次，所以珍貴。（冰谷）

蒲公英

為了私心，
四處撒謊；

把侵略的惡行，
說為流浪。

〈詩外〉侵略者總要挺舉最動聽的旗語。（冰谷）

鐵軌

火車喀嚓喀嚓，
用鋼輪氣壓
輾過；

我們天天用兩條臂胳
承受，卻不敢大聲
喚痛！

〈詩外〉壓抑久了，有一天總會爆發。（冰谷）

小詩磨坊

雨

來一次就

夠了，天天

都來，就令人

生氣了！

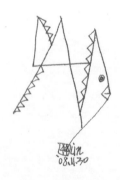

〈詩外〉詩亦宜點到為止。（冰谷）

小詩

一碟雞筋，
想丟，有不捨；

不捨，卻想丟。

不如讓它們存在
空間。

〈詩外〉易寫難精，難以突破，是我寫詩的心情。（冰谷）

樹叢

一隻鳥，飛入
叢林。

發現沒有
樹。

〈詩外〉身在福中不知福，是貪念所致。（冰谷）

樹葉

秋天裡，
紅著臉張望，沿山徑
走來的唐伯虎。

飄泊的楓葉，每一片
都是驚艷的
秋香。

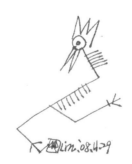

〈詩外〉在詩國裡，楓葉是美麗的少女。（冰谷）

小詩磨坊

秘密

風，發現了
蘆葦的秘密：

它不停搖頭，是
拒絕承認

白頭。

〈詩外〉避忌年齡是人的天性，特別是女人。（冰谷）

山的驕傲

被雲絮掩蓋了，
山毫不在意，笑說：

蒙住我的眼睛，
我還能看見遼闊的

海，還有舟影。

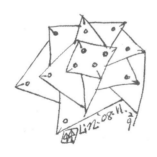

〈詩外〉臨危不亂，必能度過難關。（冰谷）

歎三聲

一聲歎息，沒有回音；
第二聲歎息，也沒有。

第三聲歎息，有了
自己的
回音。

〈詩外〉失意的時候，振作起來，向前走。（冰谷）

飛過

一隻蜜蜂飛過。
一隻蝴蝶飛過。
一隻小鳥,也飛過。

蜜蜂、蝴蝶和小鳥
都不曾飛
過。

〈詩外〉許多事,都是因互相猜疑而發生的。(冰谷)

信

白天，我沿著一株豆苗
爬上天堂；
晚上，我順著一道地府之路
鑽入地府。

發現，天堂和地府
一樣不好玩！

〈詩外〉人活在天地之間，最快樂！（冰谷）

人生

白天一個人在路上，
踟躕、踟躕、踟躕；

晚上一個人在夢裡，
踟躕、踟躕、踟躕。

人生的旅程，
踟躕、踟躕、踟躕。

〈詩外〉其實每個人24小時都在路上，因為心臟永遠清醒。（冰谷）

時間

調整後，時間挪出空隙
讓我走過去。生命

就是在時間的空隙裡
轉過來，轉過去。

〈詩外〉成功的要訣，不單要擺脫時間的綑綁，還要掌控時間。（冰谷）

海和山

海，守著一種藍；
山，堅持一片青。

它們永遠仰慕
對方。

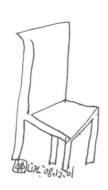

〈詩外〉不同膚色的種族要和諧共處，要懂得互相欣賞。（冰谷）

雲和山

雲對山說：
我用白紗巾
把你的巍峨矮化。

山默然微笑，它知道
太陽出來它會變得
更蒼翠！

〈詩外〉詆毀和破壞，都是暫時的，真相總會大白。（冰谷）

秋景

為了擠出一個
熱帶的
秋字，

橡膠樹，每年
硬是把葉子
換掉。

〈詩外〉葉落並不代表氣候轉變，違反自然對地球是極大傷害。（冰谷）

小詩磨坊

醉醒之間

酩酊後，心靈卻
醒著；

醒著時，常常都在
夢裡。

人生，在醉與醒之間
遊移。

〈詩外〉該醉的時候就醉，該醒的時候就醒。（冰谷）

中風

驚起了一陣風，
葉落，樹倒。

我還能蹣跚上路，
幸運！幸運！

〈詩外〉中風後，各方親友同道的慰問，是另一帖藥方。（冰谷）

冰
谷
卷

向日葵

生活失去方向，
只好跟著太陽
流浪。

所以一到夜晚，
便在黑暗裡
歎息。

〈詩外〉不敢面對現實，就像向日葵。（冰谷）

飛蟻

沖上天看看
大地的風景；

沒想，竟成了
小鳥的甜品。

屬於地上的，天空
永遠不接受。

〈詩外〉適者生存，天經地義。（冰谷）

墓誌銘

想寫一首詩，
留給後世；

墓誌銘卻刻上
等待來生。

〈詩外〉墓誌銘可以刻上詩人的，歷來有幾人？（冰谷）

何乃健卷

何乃健，生於1946年。馬來亞大學農學士，馬來西亞理科大學生物學碩士。現擔任稻作學顧問。著作包括詩集《碎葉》，《流螢紛飛》，《裁風剪雨》和《雙子葉》；散文集《那年的草色》，《淅瀝的簷雨》，《稻花香裏說豐年》，《逆風的向陽花》，《禪在蟬聲裏》，《驚起一灘鷗鷺》和《讓生命舒展如樹》；評論集《荷塘中的蓮瓣》和《陳瑞獻寓言賞析》；科普書《轉基因，轉乾坤》，《水稻與農業生態》，和《窺探大自然》。

祝福

何乃健

當死亡將我心中的殘陽吹熄
我會將生命的餘燼，悄悄地
藏入不知名的種子裏
多年之後，當你綻莳穿越墓園，朋友
那沾著枝條滑落脊胛的春意
就是我以葉絲素冷凍的微笑，前來祝福你

投奔

一粒熟透的芒果
向池塘墜落
闖入繁星的倒影時
還得意忘形高歌
我終於投奔銀河

〈詩外〉最大的迷惑是虛耗生命,去追求妄心映照出來的夢幻泡影。
　　（何乃健）

小詩磨坊

蚯蚓

花盆裏的蚯蚓堅信
宇宙邊沿圍著厚牆
天堂裏沒有白天，只有夜晚
星星、月亮、太陽全是幻象
唯有腐草和泥沙
能令萬物滋長

〈詩外〉狹隘的信仰，能令心靈萎縮成花盆裏的蚯蚓。（何乃健）

讚美

群蜂怒氣衝衝
在枝頭互相叱責
鮮花淡然微笑
默默互相讚美

〈詩外〉無聲的讚美是最動人的詩篇。（何乃健）

水母

「波濤裏的降落傘
　哪兒是你憧憬的方向？」
「大海是我遨遊的天空
　永恆的探索是生命的理想
　降陸其實就是死亡！」

〈詩外〉懶怠使生命變成僵臥於沙灘上的水母。（何乃健）

田鼠

亂棍之下還狡辯：
將稻穗拖入土穴裏
是為了保存良種的基因
永續不變，像金字塔裏
不朽的千年之蓮！

〈詩外〉謊言無法將海市蜃樓化為綠洲。（何乃健）

大爆炸

無星的夜晚
篝火在風中自誇
它就是150億年前
宇宙大爆炸
太虛裏綻放的煙花
僅存的光華

〈詩外〉炫耀和自誇，只不過是篝火熄滅之後留下的灰燼。（何乃健）

汗

烈日將胸中憤懣
忿忿地傾落我身上
靜默中我以微溫的汗
沐浴怒火中燒的太陽

〈詩外〉心能轉物，只有真誠能轉恨為愛。（何乃健）

小詩磨坊

城磚

冷對茫茫大漠
老城牆上的磚對風砂說：
「這輩子最感恩的
　是千年前把我燒得苦不堪言
　令我在心中重複詛咒的窯火！」

〈詩外〉苦難的磨練讓人體悟忍耐的價值，忍耐讓人冷靜面對人生的厭
　　　煩與紛擾。（何乃健）

解惑

長年累月思索

垂柳仍然不明白

何謂諸行無常、諸法無我

正想挽留路過的霧解惑

話還沒說完，猛然抬頭

霧已消逝無蹤了

〈詩外〉霧來霧散暗示世間一切事物，憑藉眾緣和合而有；無真實之萬
　　　　物，亦無永恆不變的我。（何乃健）

魚骨

海鷗告訴河裏的水族
大海是取之不盡的保藏
鯉魚決定離棄寒酸的浮萍
游向大海找尋產珠的大蚌
不久之後，比淚還鹹的水裏
又多了一根魚骨，在泥濘的淺灘

〈詩外〉無窮的慾望是一個死亡陷阱。（何乃健）

海嘯

托缽的僧人正要跨步上橋
忽見一人傾大盆水
將橋邊剛堆起的蟻窩沖倒
茫然中他仿佛聽到群蟻在尖叫：
「海嘯又到來了，快逃！」

〈詩外〉人類眼中的水，在天人眼中是琉璃，在餓鬼眼中是膿血。眾生
　　　所造業不同，領受辨認也迥異。（何乃健）

何乃健卷

魔術

魔術師將拐杖變成權杖
輪椅變成寶輦，高高在上
魔術師走後，殘障者赫然
什麼時候燦爛的朝陽
已退化為暗淡的斜陽？

〈詩外〉妄念營造出來的，只是一轉眼即逝的幻象。（何乃健）

探尋

微風委託漣漪
將祝福向死水傳遞：
大膽地化為一朵雲吧，在夢裏
醒後再鼓起餘勇
凝結成雨，奔往瀑布，追隨山溪
探尋大海的蹤跡

〈詩外〉征服自己，勇於尋夢，生命就會與眾不同。（何乃健）

淚

已經很久不曾哭泣

眼角的淚腺也已封閉

淚，回流之後

凍凝成冰湖，於心裏

我終於發現，痛苦就是冰的晶體

那麼多角、那麼淒迷，也那麼綺麗

〈詩外〉痛苦是酵母，能將記憶釀成酒。（何乃健）

珍重剎那

　　每個消逝的瞬間
　　都是無法複製的夢
　　縱使蒸發海裏所有的水
　　遍佈雨霽的天空
　　也無法在過去的藍天
　　重砌褪色的彩虹

〈詩外〉每個剎那都獨一無二，無能複製。（何乃健）

小詩磨坊

火成岩

活了一甲子之後才知道
過去一切痛苦與煩惱
都是地心烤出來的火成岩
只要在回憶裏輕輕一敲
竟然綻放出火花淡然的微笑

〈詩外〉煩惱即菩提，生命因能轉迷為悟，化逆為順而壯麗。（何乃健）

誤

重重包圍著一團

水面上的光，回游、打轉

魚群誤以為

倒映的那一鉤新月

就是載滿了金銀

擱淺於暗礁的沉船

〈詩外〉夢幻泡影無論多迷人，終究是夢幻泡影。（何乃健）

何乃健卷

埋

仇恨埋在心裏
久了就固化為地雷
寬恕埋在心裏
漸漸活化成種子
冬天過後悄悄萌芽
秋天到了竟然繁花累累

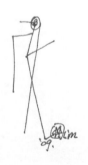

〈詩外〉以理抑情，大而化之，無異揚湯止沸，釜底抽薪。（何乃健）

蝕

整本金剛經已蝕得千瘡百孔
白蟻依然如故，面不改容
在藏經室裏，沾沾自喜
對縫隙裏的蟑螂說：
我們以行動
示範了緣起性空！

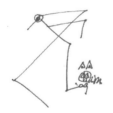

〈詩外〉真理，多少罪惡假借你的美名濫行？（何乃健）

蠍子

蠍子神氣地告訴貓頭鷹：
你頭上閃亮的天蠍星
就是我在天空的投影！

〈詩外〉放下我執，舍妄歸真，方能窺望生命的實相。（何乃健）

狗尾草

　　驚見塑像與廊柱東傾西倒
　　鬼火輕輕飄向亂石堆上的狗尾草：
　　整個王侯、貴族的墓園裏
　　唯有你站得最高
　　也唯有你活得最逍遙

　〈詩外〉活在當下，自我肯定，內心恬靜而安寧。（何乃健）

鄉愁

　　一溪鄉愁蜿蜒而過她的臉龐

　　溪裏的月色溶入了

　　整個秋季的沍寒

　　月色在眸中氾濫

　　伴隨溶溶的鄉愁

　　沿著淚腺倒灌回心房

〈詩外〉鄉愁如水，氾濫之後能令人沉淪為水鬼。（何乃健）

霧

濃霧在山徑上梭巡
在密林裏搜尋
瞞騙了太陽
又拐走了彩虹之後
匆匆潛逃
隱遁於大地的積雨雲

〈詩外〉濃霧忘了積雨雲和它是心物一體。（何乃健）

何乃健卷

歌聲

風提醒頑固的鳥籠

即使再添幾重門

只能扣留愛唱歌的鳥

卻關不住

無需翅膀飛翔的

歌聲

〈詩外〉有形的牢房，不能阻擾無形的心靈在囚室與星際之間自由往
　　返。（何乃健）

麻雀

麻雀告訴太陽：

總歸有一天

我將以舒展的翅膀

測量宇宙的周長

分析虛空的浩瀚

〈詩外〉虛空無盡，世界無量，以有限去探求無限，終究徒然。
　　　　（何乃健）

心願

每隻蝴蝶都希望能圓
一個共同的心願：
召喚每隻蝴蝶翩然而來
乘風盤旋
化彩翼為花瓣
共築翱翔的空中花園

〈詩外〉一心立萬法，一切為心造。（何乃健）

無

　　因為無人能解無聲的樂章

　　深蘊的無窮意涵

　　牽牛花無奈地閉闔起紫瓣

　　緊鎖著消融於無邊暮色中

　　無涯無際的悵惘

〈詩外〉牽牛花深悟：天下萬物生於有，有生於無。（何乃健）

聽靜

俗念已俱寂
我終於聽到了
至大無外的宇宙裏
銀河系趕路時的呼吸，以及
塵埃重返大地時
輕微的太息

〈詩外〉所有的聲音都有出發點，因此有生滅。唯有靜，沒有出發點；
也唯有靜，無生無滅，隱身於一切聲音之間。（何乃健）

輪迴

古廟簷頭那滴雨水
究竟曾經濃縮了多少酒精
令多少眾生迷醉？
究竟曾經穿越多少眾生的淚腺
重蹈多少次災劫
重複多少次輪迴？

〈詩外〉眾生恒受業力牽纏，永無休止地在生死苦海中流轉。（何乃健）

祝福

當死亡將我心中的殘陽吹熄

我會將生命的餘焰，悄悄地

藏入不知名的種子裏

多年後，當你緩步穿過墓園，朋友

那沿著枝條滑落肩膀的春意

就是我以葉綠素冷凍的微笑，前來祝福你！

〈詩外〉死亡是讓生命以另一種全新的面貌，來體驗另一段全新的旅
程。（何乃健）

蘇清強卷

蘇清強，筆名清疆、隨雲；1948年出生於吉打州雙溪大年。畢業於柔佛巴魯天猛公依布拉欣師訓學院。曾任教於丁加奴州、吉打州莪蕭與雙溪大年。1975年獲倫敦大學校外哲學榮譽學士學位。1988年起擔任怡保安德申中學、培南國中副校長及加央玻璃市中學校長。1998年獲澳洲迪金大學教育碩士學位。2004年10月從教育界退休。為海天詩社、海天詩風、作家協會、北馬作協委員會、金石詩刊、吉中藝術協會、佛學會等會員。現為作協理事、馬華「小詩磨坊」聯絡人。曾獲南馬文藝研究會青年文學獎（散文獎）、馬佛青總會菩提獎（文學組），潮州八邑會館文學出版基金、中華大會堂出版基金、福聯及雪蘭莪福建會館文學出版基金、1991年度「詩歌組」優秀獎、南大校友會微型小說比賽入選佳作獎。已出版著作：詩集《雲絮朵朵》、《我們的星空寂寞了》；散文集《村夜掇拾》、《萬里星天》、《只問耕耘》；佛教散文《菩提林》、《心燈集》等。

肥皂　　　蘇清強

與污垢撕磨
總是氣出一身　泡沫
　　　水為鑑
彰顯　自己的清白

年

是一個滾蕩不歇的圓輪

走過驚悸的風霜

翻越苦難的淺灘

尋找生命喜樂的源頭

開始一個滿滿的期待

呼嘯前去

〈詩外〉再苦的年，也有期待。（蘇清強）

喜筵

> 圍起一桌桌
> 　圓圓的期許
> 佳餚、熱酒燙肚
> 　燒成了薰醉的喜悅

〈詩外〉喜在酒肉外。（蘇清強）

成長

　　高舉一杯

　　歲月釀成的醇酒

　　　飲盡不醉

　　挑戰

　　　狂沖而來的風雨

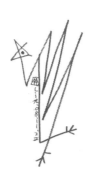

〈詩外〉在風雨中，成長屹立。（蘇清強）

同心

所有的苦難
　　扛起
　　　齊步衝刺
任何的收穫
　　沒有
　　　少你一份

〈詩外〉甘苦與共，最是美麗。（蘇清強）

夜行車

銳利的鷹眼
　尋索
推開濃霧
　照路　找路

〈詩外〉生命恒在尋索。（蘇清強）

悲

據說
　光天化日之下
黑熊張牙舞爪
　大口吞下
　　血淋淋的生靈
　是合法的行為

〈詩外〉合理化的悲劇，讓人沉思。（蘇清強）

害怕

有時害怕孤獨
　因為寂寞
有時害怕熱鬧
　因為　更大的寂寞

〈詩外〉寂寞，無處不在。（蘇清強）

小詩磨坊

哈哈笑

稚齡時　一聲
　　流露心靈的真
年長時　一聲
　　掩飾心頭的假

〈詩外〉真真假假，一聲哈哈。（蘇清強）

提醒

　　從前的雞啼

　　不時的落葉

　　悄然冒出的白髮……

　　向我們說了很多話

　　不管我們懂不懂

〈詩外〉幾人在意自然的提醒？（蘇清強）

小詩磨坊

讓

去年的枯枝
讓給了今年的新芽
去年的陽光
讓給了今年的風雨
花謝花開
才更加的美麗

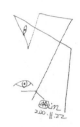

〈詩外〉變是永遠美麗的真理。（蘇清強）

果

汲取土地的精華
釀成滿枝杆滿滿的
　鮮豔的成熟
擺姿　奉獻
　但求貪婪的口腔
　　把種子回歸土地

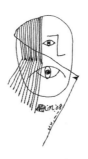

〈詩外〉種子留下，就值回如何的奉獻。（蘇清強）

痛

再小心翼翼

偶爾還會碰觸

　　這歷史的傷口

引得內心

　　呼呼淌血

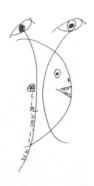

〈詩外〉癒合的傷口，往往在心間留下疤痕。（蘇清強）

美麗

當黑暗溜開

草兒樹兒醒過來

鳥兒蟲兒醒過來

大地醒過來

太陽擦亮滿山滿野

　　燦爛的希望

〈詩外〉醒來的美好，大地最先知道。（蘇清強）

小詩磨坊

人生

當雙眼蓋上
永離這百般牽繫的塵世
才知自己是無能的過客
　一塵都帶不走

〈詩外〉非到人生的最後，還是看不開。（蘇清強）

熱忱

把一顆心拋出來
走入原野間、人群裏

感受繽紛世界的花巧
也可以很欣慰
心頭多了一分關懷
少了一分冷漠

〈詩外〉有心，有情，有喜悅。（蘇清強）

尊重

　　那是一座橋樑
　　搭在人與人的心間
　　何時　　何事
　　都能夠舒暢的通行

　　〈詩外〉人與人之間，多些尊重，多些橋樑。（蘇清強）

祝福

當北風帶來新意
沒有忘記
捎一分給你
釀成心頭快意

〈詩外〉新的好的，先想到你，想到……（蘇清強）

吹

力道
藏在過往間
呼呼的催促
　花開果熟了
　葉黃歸根了

〈詩外〉自然的力道，讓我學習謙卑。（蘇清強）

警惕

父親把他的一生
　　結晶為
　　一句遺言
刻進我腦間：
「平滑的路最易跌倒」

〈詩外〉一句話，一生的力量。（蘇清強）

熟

熬到了這一刻
就該好好享有
再遲疑
美的色衰
好的也變爛了

〈詩外〉圓熟了，就把握。（蘇清強）

肥皂

與污垢廝磨

總是氣出一身　泡沫

　　　水為鑒

彰顯　自己的清白

〈詩外〉為了潔淨，付出一生。（蘇清強）

湯圓

圓圓　滿滿
　　滿滿　圓圓
一碗的圓滿
是殘缺人生
　的補償嗎？

〈詩外〉越難得到，越要追求。（蘇清強）

筷子

夾起的美味

送進主人的口

　　客人的嘴

自己從未

　　　開口嘗過

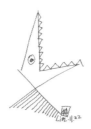

〈詩外〉為別人付出，也是一種美好。（蘇清強）

手機

收集遠近的聲息

吐　　納

　成

　主人的牽繫

〈詩外〉手機，是現今人類另一條血脈。（蘇清強）

大量

　　浩瀚的　心海

　　把一切　湧過來的都　收納

　　醞釀陽光下碧藍的

　　　　　寬容

〈詩外〉寬容最大。（蘇清強）

瀟灑

把　風雨
　　當　佳釀
傾盆時刻　正豪飲
　闊步行吟
　天地坦蕩的精彩

〈詩外〉雨在大地寫詩，歌吟如癡。（蘇清強）

超然

眼際處的星月陽光
　燃翠心地蒼松
在時間的流域裏迎風舞掌
讓一地的慾河爛泥
　徒然滾騰

〈詩外〉慾浪滾滾中的掙扎！（蘇清強）

落葉

離開時
　只想到
　把機會讓給
　下一位新綠

〈詩外〉因為愛，所以捨。（蘇清強）

鳥語

　　即興隨意

　　就吟唱了

　　　　海闊天空

　　醉眼迷離的高徒

　　　愛聽不聽

　　　　不必在意

〈詩外〉鳥不必為愛聽的人歌唱。（蘇清強）

娃聲

哭哭　啼啼……

　嘻嘻　哈哈……

不看時間，不看臉色

　最是　無知

　　最是　真　純……

〈詩外〉娃聲是詩聲……（蘇清強）

晨露卷

晨露，原名陳美仙。1954年出生於馬來西亞砂勞越。原籍福州閩清。砂勞越詩巫拉讓江畔盧岩坡人士，現居美里市，為砂勞越美里筆會理事，詩巫中華文藝社、大馬作協、東南亞詩人筆會會員。作品有散文集《荒野裏的璀璨》，詩集《魚說》、《拉讓江夢囈般輕盈》。

小诗磨坊

月光提灯　　晨露

那年我九岁
渡头上谁牵着我的手
月光提灯
河里咚一声鱼跳跃
我走过我清流般的童年
我走过

片刻

窗前佇立
片刻
樓高十層二
俯視
風景一片
半個世紀歲月

〈詩外〉歷史凝聚成的片刻，不再是一時。（蘇清強）

小詩磨坊

憑欄

登高憑欄
大樓小屋
密佈
霸佔了
樹的位置

〈詩外〉發展推動進步，推不掉遺憾。（蘇清強）

農夫

一畦握一畦
彎腰荷鋤
沿自祖傳的姿勢
代代採擷
汗珠的產量

〈詩外〉汗珠閃亮著希望。（蘇清強）

晨露卷

晨起

晨起慵懶
推窗
皚皚綻放
一盆水梅
入耳馨香
一聲早安

〈詩外〉大自然的耳語，最真！（蘇清強）

雙雙

雙雙飛來
牆角高處
雛燕唧唧
待哺嗷嗷
忙煞雙雙

〈詩外〉雙雙齊心，是生命的力量。（蘇清強）

醉看

隔半牆玻璃
嬰兒室外
緊貼一張
祖母的笑臉
癡癡醉看

〈詩外〉親情，穿越所有的阻隔。（蘇清強）

孫兒

皺眼皺鼻皺口
甫出母胎
濃黑濕髮貼耳
懷中攬緊
苦啊苦啊哇啼
新生命的宣告

〈詩外〉生的苦中蘊含樂的源頭。（蘇清強）

生命

棄置的一潭水

寂寂

荒草環繞

一株株布袋蓮

熊熊點燃

千盞　紫焰

〈詩外〉生命在考驗中茁壯。（蘇清強）

孺子牛

鮮熱出爐
一堆金黃
嗯哼催促聲中
每一日的大工程
撲鼻
亦臭亦香

〈詩外〉愛的工程最大。（蘇清強）

納涼

納涼
竹椅走廊上
落單一白鷺
撲撲起飛
馱不起
沉沉暮色

〈詩外〉心閑，萬物自在。（蘇清強）

元宵

爆竹聲聲喧鬧
遠遠近近
幾家圓桌舉筷
幾家勞碌奔波
月盈元宵
依舊

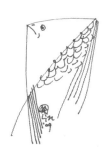

〈詩外〉佳節,幾家歡笑幾家愁惱。(蘇清強)

盪鞦韆

高樓建築地盤邊
工人小屋一間
蒲瓜當架子
層層鋪曬綠葉屋頂
黃花朵朵
鞦韆盪

〈詩外〉只要心眼開，大自然儘是笑聲。（蘇清強）

一起

中二那年
來的一位插班生
半個世紀走過
一起
秋冬垂釣

〈詩外〉有緣，一起走過；有緣，因為珍惜而美麗。（蘇清強）

情人節

無花

無糖

二月十四

有情

甜甜

蜜蜜

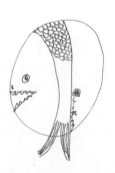

〈詩外〉有情，有了一切的美好。（蘇清強）

姐姐

想念姐姐
她沒帶我住一起

我吃太多飯
太重

〈詩外〉不一般的想念啊……（蘇清強）

心跳

平淡的生活
幾乎已然忘記詩為何味
乍聞來電
方記得心跳有聲

〈詩外〉繆思回來,何等的激動!(蘇清強)

父親

父親是

牆上一張照片

不言不笑

看著我

長大

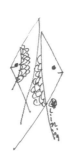

〈詩外〉父愛，不苟言笑。（蘇清強）

母親

母親住在
我六歲之前的記憶裏
模模糊糊
夢裏也看不清楚

〈詩外〉當母愛只留在記憶中時，越來越模糊。（蘇清強）

臥枕

工作一天之後
播放
鋼琴演奏一卷
輕波柔浪
臥枕
音樂海洋中

〈詩外〉音樂使人忘勞去憂。（蘇清強）

相見

思念延自

潮濕三月

心律樂譜一曲

四十九步而止

牆上遺照

相見

〈詩外〉相見，竟是遺照，竟是……無言吧！（蘇清強）

阿嬤

阿嬤八十有三

陪我住

兩人相吵相罵

阿嬤打我

還煮飯給我

吃

〈詩外〉吵是疼，打是愛！（蘇清強）

小詩磨坊

待嫁女兒

一層頭紗薄薄下
隱隱一張
煥發年輕的臉

待嫁女兒
掀開
人生新旅程

〈詩外〉薄紗下，美麗的期待，幸福的期許。（蘇清強）

蘭花一盆

蘭花一盆
長廊一偶
靜靜綻放
也不管
人來不

〈詩外〉芬芳自吐無情也有情。（晨露）

小詩磨坊

朋友

你好嗎？
千里外一聲
傳入耳膜暖暖
融化
冰山的一顆
心

〈詩外〉萬物有價友情無價。（晨露）

手機

也不完全一無是處

煩燥吵鬧之餘

暖暖

千里之外

及時

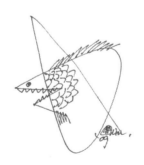

〈詩外〉朋友異地各處，手機搭一座鵲橋。（晨露）

打盹片刻

　　也玩夠了
　　也玩累了
　　打盹片時
　　那棵樹下
　　容我

　　〈詩外〉一日忙一日，只當是玩，矇一矇自己。（晨露）

嘻哈一串我們的笑聲

　　那一彎鏡子般的河流
　　咚一聲我跳了進去
　　還有我的同伴一夥
　　嘻哈一串我們的笑聲
　　都被昨天偷了去

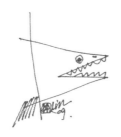

〈詩外〉昨日何其匆匆，彷彿眼前，卻遙遙不可及。（晨露）

相認

　　新團我昨天見到了

　　繞了五十個大彎後

　　我們相認

　　自八歲的記憶裏

　　自層層疊疊的皺紋裏

　　〈詩外〉當日幼童，今日垂老，相認也歡也悲。（晨露）

喋喋歲月裏

屬於我童年的一彎河流

喋喋歲月裏

擱淺老去

魚蝦有難

山林崩傾

屬於我童年的一彎河流

〈詩外〉山河變色，能不痛乎？（晨露）

月光提燈

那年我九歲

渡頭上誰牽著我的手

月光提燈

河裏咚一聲魚跳躍

我走過我清流般的童年

我走過

〈詩外〉那一抹晶瑩月色，不復有。（晨露）

朵拉卷

朵拉，原名林月絲，出生於馬來西亞檳城。專業作家、畫家，祖籍福建惠安。馬來西亞華文作家協會理事、馬來西亞華人文化協會霹靂州副主席、世界華文微型小說研究會理事。曾受邀為大馬多家報紙雜誌及北美世界日報、臺灣人間福報撰寫副刊專欄。曾任大馬棕櫚出版社社長，《蕉風》、《清流》執行編輯。出版過短篇小說集、微型小說集、散文集、隨筆集、人物傳記等31本。作品譯成日文、馬來文等。曾獲讀者票選為國內十大最受歡迎作家。多篇小說作品被改為廣播劇在大馬及新加坡電臺播出。有微型小說收入中國、美國、新加坡的大學、中學教材和當地國漢語學習教材，散文被國內獨立中學選為語文教輔教材。散文、微型小說百餘篇收入《世界華文微型小說作品集》等國內外100多種選集。應邀參加新、泰、馬、菲、印尼、汶萊世界華文微型小說研討會及中國、臺灣、汶萊、印尼等各地演講。曾獲國內外大小文學獎30個。80年代開始水墨畫創作，於國內外聯展超過30次，個展兩次。

小诗磨坊

旅人　　宋拉

风吹过
太阳落下
月亮升起来
故乡老了
和故乡一起老的我
想念家

陽光下有花

木槿花溫婉低頭

向日葵昂高臉蛋

龍船花一叢叢紅冬冬

對過路人燦爛地笑

失意的我

靜靜地觀看陽光下的花

〈詩外〉人不免有失意時候，看花，賞心悅目，讓惆悵的心情燦爛起來。（朵拉）

旅人

風吹過
太陽落下
月亮升起來
故鄉老了
和故鄉一起老的我
想念家

〈詩外〉故鄉老了，人也老了，無論時間過多久，我永遠想念故鄉的
家。（朵拉）

回鄉

大海依舊蔚藍

晴空仍然萬里

離別經年

終於歸來

家鄉人喚我

嗨！異鄉人

〈詩外〉時間流逝，緩緩慢慢，卻照樣有能力把故鄉人變成異鄉人。

（朵拉）

無常

相會的，是回憶
別離的，是追求

人生本如此
哀傷時候
想想
無常

〈詩外〉常在相會的，居然是回憶；永遠在追求的，竟是別離的人！
（朵拉）

由不得人

他說愛我
我的唇吻了他

他說不與我結婚
我的唇照樣吻了他

誰也沒愚弄誰
那只是由不得人的愛

〈詩外〉據說愛情不折磨人；其實，不折磨人心的，不叫愛情。
（朵拉）

我的好心

善意溫暖的
我以為
惡意冰冷的
別人以為

原來我的好心
是他人的傷害

〈詩外〉你以為自己是好人，在別人眼裏，卻不是。（朵拉）

低語

別出聲
我不說話
你聽到了嗎？

你站起來，走開
你沒有聽到
為什麼你沒有聽到？

〈詩外〉很多時候，你以為對方知道，因此不出聲；但沒有說出來的，
他真的知道嗎？（朵拉）

香味

打開香水瓶
濃烈的香氣
是痛苦的味道

如何驅走
不讓香味繼續瀰漫
是一生的功課

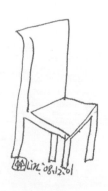

〈詩外〉那香味是痛苦的回憶，永遠驅之不去。不要打開回憶那瓶香水
　　　吧！（朵拉）

哭泣

欲哭無淚
一切都會過去

哭泣流淚
一切都會過去

無關眼淚
時間到了一切都會過去

〈詩外〉一切都會過去。我們都明白，但在那個痛苦的時刻，眼淚照樣
　　　　汩汩流出來。（朵拉）

小詩磨坊

苦難

是你的
自己承擔

苦難，自己的
痛入心脾

別人不痛的痛
是別人的

〈詩外〉自己的痛永遠最痛，別人的痛，沒那樣痛吧？總是要懷疑。
　　　（朵拉）

畫像

我畫我自己
美麗的
眉毛眼睛鼻子嘴巴和耳朵

人問你畫誰呀
我畫我自己

你哪有這樣美

〈詩外〉自己看自己，找不出缺點，看別人的時候，缺點一籮筐。奇怪
　　　嗎？（朵拉）

在路上

在路上，我們碰頭
在路上，我們分手

你不知道我
我不認識你

每天，我們在路上
碰頭，分手

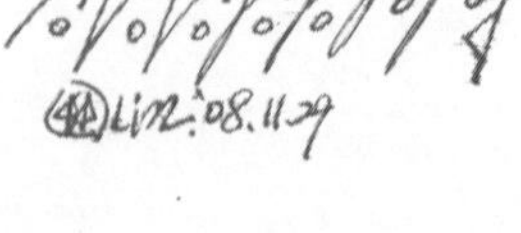

〈詩外〉多少人每天在路上相遇，也許彼此看過一兩眼，也許從來也不
看對方；一生相遇無數次，一生不相識！（朵拉）

你認識我

我知道你的名字
你說你認識我

我不以為我認識你
因為
我連我自己
也還沒認識

〈詩外〉被人誤解了，不必悲傷，無需生氣。你連自己也不瞭解，更
遑論別人。你自己不瞭解自己時，你並沒有對自己生氣。
（朵拉）

小詩磨坊

寂寞

我聽到葉子落下來
花兒綻開了

小貓走過門口
我的心寂寞在跳
我都聽到了

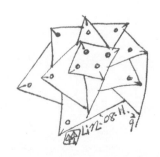

〈詩外〉寂寞時，份外寂靜；寂寞，有時非常需要。（朵拉）

回鄉

那棵樹已經不在
那間房子已經不在

鄰居換了別人
父母親搬走多年

瞧望著，尋覓著，耳邊傳來
一聲溫柔的歎息

〈詩外〉回鄉是快樂的，有的人一生也沒有機會回去。最大的改變是自
己的心境。（朵拉）

風吹過

風吹過青翠的野草

風吹過凋萎的花

風吹過快樂的小孩

風吹過悲傷的老人

風也吹過

不會開花不會結果的電線杆

〈詩外〉風是公平的,像時間一樣。(朵拉)

養一盆長青葛

一個人住
一個人行
一個人穿衣
一個人吃飯

養一盆長青葛

〈詩外〉一個人，孤獨、寂寞，別怕，還有一盆綠葉子。（朵拉）

打電話

你說有空打電話來

其實就算忙碌的時候
也想打電話給你

你有空聽嗎

〈詩外〉朋友要等有空才通電話嗎？（朵拉）

種樹

給寬寬的路

給出不去的心

給太陽照耀

給風兒穿梭

給等待的人

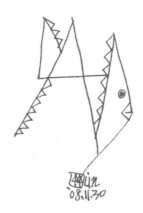

〈詩外〉種樹的人並不知道，卻種出了風景，種出了寬懷，讓我們都抱
　　著種樹的心情來寫小詩吧！（朵拉）

我的畫

我畫我的畫
他說是一條魚
他說是一隻貓
他說是一片葉子
他說是一朵花
其實是我的話

〈詩外〉我的心事，不在你心裏，你永遠無法瞭解我。沒關係，我照樣
　　　畫我的話。（朵拉）

自由來去

在我的夢裏
你自由來去
不讓走
無法留
唯有期待
在你的夢裏

〈詩外〉美好的幻想來到現實，往往無法實現。幸好人生還有一種希望，叫期待。（朵拉）

不知道

我看到你了，你不知道
遠遠地望著你

舊時歲月重新緩緩向我走來
心裏酸酸，笑容苦苦

也許你也看到我了，我不知道

〈詩外〉遠遠地遙望，許多往事湧上心頭，酸的苦的，只好幻想，也許
　　　　你也看到我了。（朵拉）

失去

幸福的味道過於恬淡
擦身而過的近距離也體會不到
明白以後
已經像風吹過
伸手到空中
什麼也沒有

〈詩外〉歲月終於讓人明白，忽略了許多本來在手上的美好，造成無法
　　　彌補的傷痛。（朵拉）

有沒有說過

你說過的
你說你沒有說過

你答應的
你說你沒有答應

日子久了
回憶也變得不可信賴

〈詩外〉為什麼我要在回憶裏苦苦尋覓？真情或假意，時間太長，再確
鑿的回憶也會被懷疑。（朵拉）

自己的痛

天空比我的眼睛還不爭氣
總是下雨
無法承受悲傷和痛苦

多麼沉重呀
我的眼淚一逕往內流
不敢幻想別人分擔我的痛

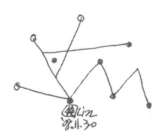

〈詩外〉所有的選擇，都是自己做的決定；我要比天空更堅強。（朵拉）

認眞看你

很認真地看著你的照片
像從前沒有見過你
不認識你一樣

帶著悲傷的心情看
你在照片裏微笑
不知道我就要離開你了

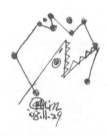

〈詩外〉一生中能夠掌握的有多少？有時候，寧願不要知道。不知道才
　　好。（朵拉）

心虛

擠滿人的車廂沒一個認識
假裝不在乎
眼睛望得遠遠的

像要和某人打招呼
心虛地在掩飾那種表情
其實沒人注意你

〈詩外〉什麼時候不是孤獨和寂寞？什麼時候有人注意你？什麼時候有
　　　人在意你？（朵拉）

小詩磨坊

旅行，為了尋找安靜

提著行李不斷旅遊
疲憊不堪腳步不停

沒有住的地方
沒有朋友
沒有人知道我

期盼安靜

〈詩外〉在一個地方住久了，免不了被周遭的聲音干擾，難以擺脫的時
候，就去旅遊。（朵拉）

悲傷

孤獨的時候
心情低落的時候
不想見人的時候
幽幽地在寂寞的心裏迴旋
幻想那是音樂
原來是悲傷在呼喚我

〈詩外〉分不清是寂寞而悲傷，或悲傷而寂寞，或音樂，或聲音。其實
是擺不脫的情緒。（朵拉）

小詩磨坊

一生

跨過門檻
走進去

跨過門檻
走出來

跨過門檻
走過一生

〈詩外〉每天早上開門出去，每天晚上回家關門，生命逐漸薄了，薄得
　　　像紙的時候，脆脆地碎了。（朵拉）

郊眉卷

郊眉，原名蕭美芳，北婆羅洲人；馬來西亞沙巴山打根。南京大學
中文碩士，教育前線工作者，自由寫作人，擅寫散文，曾多次榮獲
文學獎項，包括花蹤散文佳作獎和推薦獎，馬華文學節微型小說首
獎、兒童文學佳作獎等。為山打根文藝協會、沙巴寫作人協會以及
馬華作家協會永久會員。自1997年至今出版了近60冊著作，包括
文學作品散文集、短篇小說集、兒童文學系列，以及小學教科書和
教學參考書等。郊眉詩作不多，但寫詩卻是她另一副輕靈的翅膀，
可以豪情奔放地暢遊於繆斯的透亮世界裏。

桥屋

永眉

小舟满满
装载刚从山里采摘颗颗
月色
我恰恰推窗
窗下静静划过
满满满满月色

素墨

我剪裁的宣紙
容不下
你的素墨
儘管
千山笑我
隨意黃昏

〈詩外〉山居，常見雨後群山不同的背影。（邡眉）

橋屋

小舟滿滿
裝載剛從山裏採摘顆顆
月色
我恰恰推窗
窗下靜靜劃過
滿滿滿滿月色

〈詩外〉人與人之間，不能以距離來衡量遠近。（邡眉）

編織

忘了哪種顏色

忘了哪根是粗麻

忘了如何平淡

忘了瞬間的驚濤駭浪

忘了

只記得這是我親手編織的

〈詩外〉人生是一塊由千絲萬縷編織而成的布，自己決定它的樣款質
地。（邡眉）

牆

我給你
地中海的天藍
你給我
懸掛想像的空間
少了你　塗鴉
從何說起

〈詩外〉人，總有累的時候。累了，需要一個可靠的肩膀。（邟眉）

模仿魚

請繼續讓我搖擺身軀
讓我繼續
留在水中
留在夢的深海裏
不要垂死於
虛擬的網中

〈詩外〉習慣生活在現實中，習慣花香，習慣陽光，習慣一切的真實。
　　　　（邸眉）

整個冬天

常相廝守的
白紙黑字
分手了

聽北風說
重複地說

劈……雪枝斷了

〈詩外〉各種各類的文字無所不在地氾濫，如同大雪一場。（邡眉）

插播

每日新聞
已是一張張黑白照片
突然　小小一段

流露了爵士藍
掀翻了琵琶紅
染透了海水綠

〈詩外〉詩客是思想的吉普賽人，允許一點潑辣、隨意和任性。（邡眉）

睡眠的皮草

醒著時
靜聽風的口琴
遙望戀人心裏的地平線
咀嚼微帶薰衣草的法國麵包
喝盡最後一滴百合裏的雨露
合上雙眼

〈詩外〉睡眠是都市人華麗的奢求，就像珍貴稀罕的皮草。（邠眉）

黑索今

飄落一襲血色披風

渲染昨天的平靜

碎碎的

瓦礫玻璃彈殼

黑索今仍舊劃空而來

捅破大地

〈詩外〉戰爭是人類表現自我最醜陋的一種方式。（邡眉）

倖存者

留著票根
我們可以不可以
搭乘下一班車

留著希望
我們可以不可以
從核子堆裏活存下來

〈詩外〉世紀金融風暴是一顆巨大的核子彈。（邡眉）

我們

我們　溫室裏的玫瑰

海嘯為我們高歌
冰川為我們陶醉
風暴為我們狂舞

我們　在溫室裏
不曾心動濺淚

〈詩外〉也許，往後我們還會為一棵小小綠色植物感動流淚，但目前不
　　　　會。（邴眉）

小詩磨坊

火柴盒

　　燃燒吧火柴
　　把我的心掏空

　　即便掏空了
　　我的軀殼
　　依稀感覺
　　你的溫暖你的光

　　〈詩外〉世人有才或平庸，都無關重要，我們只不過是重疊的影子，在
　　　　　不同時空出現。（郂眉）

枰

楚河漢界
再複雜也不過是
一場遊戲

送她百合吧
送他圍巾吧

一步一步越線

〈詩外〉枰——棋盤，男人和女人各據一方，愛情讓他們個別讓出空
間。（邴眉）

棉被

有秘密真好

起風時拿出來風乾
晴天晾開來曬一曬
雨夜裏又可以相擁入夢

沒有人覺察
那是——秘密

〈詩外〉每個人的心裏都藏起了些甜美的回憶。（邡眉）

父親

頂著滿是污垢的狗皮帽
披著打上補丁的工作服
穿著沾滿油漬的粗布鞋

我記憶最深的
是他閃亮的
目光

〈詩外〉十二年過去了，父親還活在我心裏。（邡眉）

小詩磨坊

聖誕前夕

終於
擠出一道縫隙

人牆中

喧嘩……
煙花……

〈詩外〉耶誕節前夕平安夜，希望遠方家人真正平安。（邱眉）

新年快樂

漫天火花
敲醒了玻璃窗
敲醒了小北風

小貓踮著腳尖
綠瞳仁裏劃過流星
你許願了嗎

〈詩外〉新的一年裏，樂觀，是應該的。（邞眉）

調色盤

我畫好了——

白紙上一雙七彩的手印
地上一系列小小的腳印

客廳是調色盤
而抽象畫
都在孩子的身上

〈詩外〉可愛的小小孩兒最接近天使。（邡眉）

早班快車

窗上凝了一層水氣

有人在上面寫過字

有人在上面畫過心

有模糊　有清晰

一格一格小小視窗

充滿乘客們的寄語

〈詩外〉快車是個充滿不同情緒又隱藏情緒的工具。（邡眉）

柳笛

路過雲南

某個微雨輕灑的夕陽

認識了梧桐

認識了東巴情歌

認識了雪

還有　你留下的一支柳笛

〈詩外〉萍水相逢的詩最耐咀嚼。（邡眉）

送別

都說秦淮河

您說
河水黑了　天也黑了
但人們沒有離去的意思

我們
也沒有

〈詩外〉聚散離合，人生不同時段配件裏一枚枚的螺絲釘。（邡眉）

烏孫山下

我以為流水飄來清香
我以為草原傳來歌謠
我以為
天就應該這麼藍這麼乾淨
我以為自己不會圍著篝火
在星空下唱著　跳著

〈詩外〉大草原上的人們，曠達如無垠的大地。（郍眉）

偶爾

偶爾　我在菊園看見你
恍惚　是外婆髮髻上的簪

用手捧一點溪水吧
灌溉我手心滿滿的思念

〈詩外〉外婆的瓷枕頭，成了栽種菊花的盆子，我是不懂事的外孫女，
　　　　不敢過問舅婆。（邡眉）

大街

也許沒有太多拒絕的理由

走完一條寬闊的大道

走在推湧的人流中

兩岸繁華喧鬧

一處寂靜胡同

似乎還聽得見地下管道潺潺水聲

〈詩外〉每一個城市的大街都有相似的地方，也有很個別的精彩。
　　（邝眉）

猴路

　　一垛一垛
　　調皮的星星佈陣
　　密報牠們的行蹤

〈詩外〉檳城植物園旁邊印度廟林立，是猴群棲息出沒的地方，和人類
　　　　相處得甚好。（邡眉）

小詩磨坊

牌示

注意　大象在此出沒
留神　鹿群飆躍
小心　蟒蛇十米
摸黑的森林在路兩旁沈默
小小一隻四不像

迷了路

〈詩外〉東西大道穿越森林，請放慢車速，緩緩前進，必要時停車熄
　　　火，文明與荒野，仍然相安無事。（邡眉）

212

圖畫

我們起得比小鎮還早

貪看一排排磚瓦房舍

鱗次櫛比

一列列梯田盤繞

沿街懶洋洋的米棧柴行豆腐坊

還有苔色斑駁的江南石板街

〈詩外〉旅客的眼睛是相機，筆記是文字張羅的圖案。（邡眉）

松

挺拔軒昂
凌空欲飛
遠眺飛瓴斗拱
捲一袖蒼鬱
遙指一路屋簷流瓦

〈詩外〉松樹是雄渾魁梧的君子，在古樸秀麗的山鎮，遠近可見，為之
　　　神怡。（邡眉）

心動

水動石不動
船移星不移

船歌響起
星星忍不住挑起盞盞燈火
透過浩瀚黛色
追尋一聲聲嘹亮的呼喚

〈詩外〉從遠處欣賞，有時候還比近距離來得完美。（邡眉）

小詩磨坊

浪花

流水叮咚的河溪
安靜亮麗的荷塘
永遠在羨慕
大海
有一排排相繼湧現的浪花
鍍上一道道雪白的花邊

〈詩外〉人，總喜歡羨慕別人。（邡眉）

馮學良卷

馮學良,筆名林野夫,六字輩。一個平凡的人,從事文化及教育工作。定居沙巴州哥打京那峇魯市,每天可以晨觀神山。曾出版詩集:《一輩子的事》、《1997,那一年的風花雪月》、《因為有風》及《企圖》,合集有《填補·我們》;散文:《歲月長河》及《古晉舊事》,年內將出版第一本長篇小說:《走過的歲月》(暫名)。目前受邀擔任沙巴馬來西亞華文作家協會聯委會主席。

人生風景　馮學良

走過也看過
哪一個鏡頭
才是永恆

當頭上銀白飛揚時
自有佐證

神山

千年萬年
始終堅持兩個字

崢嶸

〈詩外〉「崢嶸」兩個字，應該可以突顯出神山的雄勢了。（馮學良）

熱帶雨林

蒼蒼莽莽青青蔥蔥
風過有聲

一滴雨聲
唱遍叢林

〈詩外〉感受綠，感受風，然後感受愛。（馮學良）

京那峇當岸河

以龍的形態
舞出濤濤浪聲

而那穿越歷史的歌
卻在歲月中
擺渡

〈詩外〉在歲月漂泊的歷史，有待考究。（馮學良）

沙巴山水

只要來走一趟

看山的崢嶸

看水的清靈

讓風為心靈譜寫

一首詩　一首歌

〈詩外〉只要把一顆塵封的心拋開，世間皆淨土。（馮學良）

龍山寺

真的有龍嗎
龍在哪裡

答案在
裊裊香火中

〈詩外〉傳說總歸傳說，但是心靈的寄託，卻是最大的精神支柱。
　　　（馮學良）

島

都說是一座島

碧海藍天
魚躍
鳥飛

都是詩

〈詩外〉一旦心情進入佳境，萬物皆清。（馮學良）

斗磨場

一片招徠聲
響起

地上農產品
都有了笑容

〈詩外〉鋼筋水泥的笑容，遠不及鄉土的笑容來得真切，因為沒有競
爭。（馮學良）

嘉雅街

從歷史走過
依然是一樣的模式

產品和人聲
卻叫著不一樣的
聲調

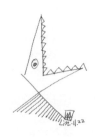

〈詩外〉當歷史一直在變調的時候，生活，已將真相模糊了。（馮學良）

文化村吊橋

以為拉緊兩端就是平穩
隨後而來的腳步
搖碎寧靜

橋下群蓮
裂口大笑

〈詩外〉很多時候，我們都在做著一廂情願的事，其實我們一直在演著
　　　獨角戲。（馮學良）

人猿庇護中心

不管藍眼黑眼
在找尋進化的根源

綠色叢林
成了地球村

〈詩外〉當地球一再「生病」的時候，和平，是我們的渴望。（馮學良）

大都會

拼命吞噬人海和車輛

瘋狂吸納燈海銀樓

以在高峰狂歌

陋巷一角傳來一首

變奏的歌

〈詩外〉大都會永遠存在著不能平衡的景觀，富與貧，永遠是相對的。
　　　（馮學良）

丹絨亞路沙灘

除了一條長長手臂
風過松林
恰恰是浪花的伴奏

來了就知道
還有凌亂的
愛情腳步

〈詩外〉把一天的疲憊拋開，就能感覺，海，原來真的很舒服。
（馮學良）

普濟寺

還是在山上的好

一片佛光
為上山的香客
照亮

一條心路

〈詩外〉當人心逐漸被蒙蔽時，宗教的力量，往往會給人帶來希望。
　　　　（馮學良）

三大民族

你我他
做成一道大拼盤
我們在大地上
共享民族文化饗宴
不分你我他

〈詩外〉在其他國家再也找不到像馬來西亞一樣，可以讓多元種族和平
相睦的生活在一起。（馮學良）

古達望海樓

永遠佇立北方
一個姿態
一聲叮嚀

小心
我的燈塔

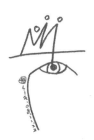

〈詩外〉人生就像大海裡的一片孤舟,需要光明來指引方向。(馮學良)

哥打京那峇魯

日夜不熄的燈海
與天上星海爭輝

吃慣燈海的交通
是饑餓的腸胃

我是饑餓的吸納者

〈詩外〉大都會就像格鬥場，不是你死就是我活，而且適者生存。
　　（馮學良）

風下之鄉

用文字代替風的形象
我的山我的水
我的詩我的畫
盡是青綠自然

把藍天留住
把白雲留住

〈詩外〉我很嚮往大自然無為的清靜，可是，我能擁有多久？（馮學良）

哥打京那峇魯博物館

　　我的心我的肺

　　我的陳年往事

　　你讀得懂不懂

　　都無所謂

　　我敞開歷史的胸膛

　　讓時間來讀吧

　　〈詩外〉誰會在乎歷史？當歷史不被重視的時候，一切的「歷史」，只
　　　　　是一件骨董而已。（馮學良）

橋

橋下流水無聲
橋上行人匆匆

舀一把紹光
人和水
皆有歲月

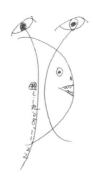

〈詩外〉重視自己的歲月，才能找到自我的價值。（馮學良）

夫妻

堅持一定的步伐

縱千山萬水

大風大雨

也要相隨

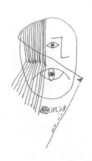

〈詩外〉夫妻的可貴，在於同去同歸，風雨相隨。（馮學良）

生活

不能用尺來量
你的我的
只能用心經營

最後結果：
心滿
意足

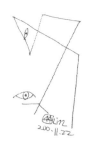

〈詩外〉努力付出，生活上的收穫，堪稱圓滿。（馮學良）

小詩磨坊

愛心

撒出去了
就不用說

太陽公公在笑著

〈詩外〉任何的善舉，做了就算，別人不知，自有良心知道。（馮學良）

歲月

　　不過那麼輕輕一吹
　　滿山烏絲
　　轉眼冒出幾根銀絲

　　拔來拔去
　　韶華已過

〈詩外〉縱然歲月過得很快，有時候，片刻的遺憾，也值得回味。
　　　　（馮學良）

鄉土

一種芬芳
在種子抽芽時
吐出

滿園馨香
滿心歡樂

〈詩外〉只有離鄉背井的人，才能感受得到故鄉泥土的芬芳。（馮學良）

昆達山

一些人來尋找一種綠

還有冷

另一廂

一片叫賣聲

賣給了另一些人

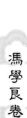

〈詩外〉昆達山位於神山腳下,有綠而寒冷,卻顯得嘈雜。(馮學良)

達邁爲食街

經常喘著氣
與歲月拔河

越夜
心跳越旺
興奮

〈詩外〉生活逼人，在一片叫賣聲中，聲音已被煙火迷濛。（馮學良）

山

誰能像你一樣
可以包容萬物

我在深深的思索

〈詩外〉凡事包容和體諒，就可以容納宇宙。（馮學良）

水

看似千嬌百媚
卻可鯨吞天下

我只好不動如山

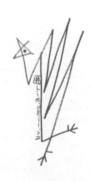

〈詩外〉凡事三思而行，必然可以減少禍害。（馮學良）

擔布羅里小鎮

還好有一片安靜可棲身

當風和雲都走了

落葉也默然無聲

只好喝一口香濃咖啡

留住歲月

〈詩外〉人生的驛站很多，難得在一個沒有紛擾的小站停下腳步，看一
看風景，這是我所渴望的。（馮學良）

 is a decorative header graphic.

小詩磨坊

人生風景

走過也看過
哪一個鏡頭
才是永恒

當頭上銀白飛揚時
自有佐證

〈詩外〉歲月匆匆，驀然回首，是悲，還是喜？也許乍喜還憂。
（馮學良）

林煥彰卷

林煥彰，1939年生，臺灣宜蘭人；從事新詩、兒童文學、繪畫創作及史料整理、評論、教學和推廣。曾創辦《龍族詩刊》、《布穀鳥兒童詩學季刊》、《兒童文學家雜誌》等。曾任《亞洲華文作家雜誌》總編輯，臺北聯合報系《聯合報》、北美《世界日報》副刊編輯，泰國、印尼《世界日報》副刊主編，大陸兒童文學研究會創會會長，中國海峽兩岸兒童文學研究會、中華民國兒童文學學會理事長，世界華文兒童文學資料館館長，亞洲兒童文學學會臺北分會會長，楊喚兒童文學獎管理委員會主任委員，第五屆亞洲兒童文學大會執行長等。已出版新詩、散文、兒童文學、繪畫、史料等八十餘種，部分作品譯成十餘種外文發表及單行本出版。臺灣、香港、澳門、中國大陸、新加坡等地區中小學語文課本教材選用四十餘篇新詩、兒童詩、童話、散文等作品。曾獲中山文藝獎，洪建全、陳伯吹、冰心、宋慶齡兒童文學獎，澳洲建國二百年現代詩獎章、中華兒童叢書金書獎等。2005年出版談寫作的書《一個詩人的秘密》；2006年湖北少兒社出版第三種版本《妹妹的紅雨鞋》，列為「百年百部中國兒童文學經典書系」；2007年出版三本童詩集：《夢和誰玩》、《花和蝴蝶》、《夢的眼睛》，一本小詩集《分享.孤獨》；2008年出版現代詩集《翅膀的煩惱》，同年擔任香港大學首任駐校作家；《花和蝴蝶》獲2007年臺北市立圖書館等單位聯合主辦「好書大家讀」年度書獎、行政院新聞局少年兒童優良讀物金鼎獎；八月臺北「時空藝術會場」邀請舉辦貓詩畫展，並出版童詩集《飛，我一直想飛》；十月九份半半樓舉辦「林煥彰著作暨手稿展」；十二月台灣大學資訊實習圖書館邀請舉辦詩畫手稿展。2009年春天開始創作「給百花的情詩」（六行小詩）系列。

小詩磨坊

不 想 就 是 想
／林煥彰
2009.01.07

總是這樣想、哪樣想？

因為，我看到的你
就是這樣、閉著眼睛
坐著，沒有理我

總是這樣那樣，就不想了

我是貓

我是貓，不是你的朋友
但也可以是你的朋友；

因為，我是貓
我有不理你的美，
也有可以理你的美。

我想進入你，心的洞穴

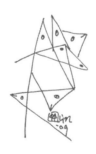

〈詩外〉貓是複雜的，人不也是；貓是自私的，人又何嘗不是？
（林煥彰）

貓當哲學家

貓想當哲學家，並不難；

我的貓說：
只要你不說話，
靜靜的坐著——

就這麼簡單。

〈詩外〉哲學是一種思考，為了探索事物的本質、洞察人生的道理，思
　　　考就是哲學家的主要工作吧！（林煥彰）

貓當詩人

貓想當詩人，也不難；

我的貓說：
只要你瞇著眼睛，
靜靜的想一想──

我的魚呢？

〈詩外〉詩人大都是不務實際的人吧！至少我就犯了這項缺點；老想著
　　　　沒有的事，一生註定來去空空。（林煥彰）

貓當畫家

貓想當畫家，也很容易；

我的貓說：
主人寫字的時候，
我在紙上踩一踩——

就行了！

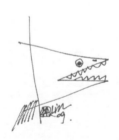

〈詩外〉貓的腳底肉墊，如果沾著墨汁，在宣紙上走一走，不就可以完
　　成一幅墨梅嗎？（林煥彰）

貓當情人

貓想當情人，也很簡單；

我的貓說：
只要我願意，
跳到你的懷抱中——

喵喵，喵喵喵⋯⋯

〈詩外〉貓如果可以當情人，牠應該是最擅長撒嬌的；情人要的，就是
撒嬌。（林煥彰）

我的貓的愛情觀

我的貓,也有牠的愛情觀;

牠說:坐下來
什麼都別做,
我抱抱你,你抱抱我;
這就夠啦!

就這麼簡單。

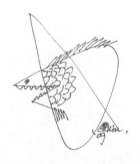

〈詩外〉談戀愛的時候,最好什麼也不必做,整天都膩在一起就好了。
　　　(林煥彰)

前世的愛人

一隻貓，沒有事
牠只坐在那裡，
甚至閉上眼睛，坐著

你以為牠在想你，
其實，是你在想牠

牠是你前世的愛人。

〈詩外〉人常會自做多情，以為貓也跟你一樣；那你就上當了。
　　　　（林煥彰）

不想也是想

總是這樣想，哪樣想？

因為，我看到的你
就是這樣那樣，閉著眼睛
坐著，沒有理我

總是這樣那樣，不想了

〈詩外〉我在和我心中的貓對話，其實，我在和我自己對話；也是沒話
　　　找話──思考。（林煥彰）

把你放在我心裡

我的貓跟牠的愛人說：
喵──，喵──
我們不能常常在一起，
我只好把你放在我心裡；

喵──，喵──
我們還是天天在一起。

〈詩外〉天天在一起，並不是每個人都能有這樣的福氣；能夠心中有
　　　你，就不容易啦！（林煥彰）

修身養性

睡過一覺的貓，還在睡

你不用懷疑；
這就是修身養性，也是我
不是什麼好脾氣的一種好脾氣

常常看著牠這樣那樣賴著睡著，你說
你能拿牠怎麼樣又能怎麼樣呢？

〈詩外〉被豢養的貓，有權利二十四小時都在睡覺；最少我看到的時
　　候，牠都是這樣。（林煥彰）

貓的眼睛

貓在黑暗裡，什麼都可以不要；

牠只要兩顆寶石一樣
發亮的眼睛；穿透夜的時空

孤獨寂寞，都不用害怕；

你知道嗎？夜被牠穿透兩個大洞
黎明提前放射兩道曙光

〈詩外〉洞察混沌未明的世界，有兩只銳利的貓眼，是很重要的。
　　　（林煥彰）

林煥彰卷

貓什麼也沒做

整天睡覺，當然不好；

如果一定要幫牠說點兒什麼，
大概只能說：牠晚上太累了吧！

至於牠做了些什麼，那就
不便多說

真的，不說也罷！

〈詩外〉貓的曖昧也等於詩的曖昧、人性的曖昧……（林煥彰）

逆來順受

搖搖搖，凡樹都要搖；
「不搖的就叫它立刻折斷！」
颱風說。

搖搖搖，凡船都要搖；
「不搖的就叫它立刻翻船！」
大海說。

〈詩外〉颱風是霸道的；它來了，家裡漏水、進水，我整天就得乖乖忙
著處理這些。我學會「順應哲學」。（林煥彰）

有重量的

夜是，有重量的
雨是，有重量的
我的心也是，有重量的

夜，暗下來
雨，落下來
我的心，裝滿夜和雨……

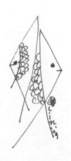

〈詩外〉屋漏偏逢連夜雨，正是我的處境；還好有詩，可免於慌亂。
（林煥彰）

賣掉自己

人生，七十才開始

我將在九份開間小鋪，
賣掉自己；當然，也有詩有畫
咖啡和茶……

更重要的是，美、靜和風景
這些都是，半半樓的精品

〈詩外〉六十九歲生日那天，我就是七十歲。詩寫生活也寫心情或心
境；這首詩有實有虛，虛虛實實就是人生。（林煥彰）

一棵古松

倒著長的一棵古松，在懸崖峭壁上
抓住堅硬的岩石

也抓住時間，抓住
千年的風萬年的雨……

在萬壑深淵中，一棵古松翻滾咆哮
將自己扭轉成一條飛龍

〈詩外〉生命是什麼？如何參悟？人的肉體算什麼？面對峭壁上一棵古
　　松，你有什麼好說的？（林煥彰）

牽牛花不牽牛

我走過的山路，遍地開滿
紫色牽牛花
迎接朝陽

（可一頭牛也沒牽著。）

五六十年前，我牽牛走過平原
每朵牽牛花都被我牽著走

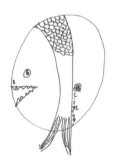

〈詩外〉小時候看到的事物，記憶最為深刻；牽牛花，又名「朝陽」。
　　　我小的時候，在早晨牽牛吃草，和牽牛花常常牽扯在一起。
　　　（林煥彰）

通泉草的秘密

通泉草吐著小舌尖，不是因為口渴
哪兒有清涼甘甜的泉水
她都知道

聽，我聽──
我聽到潺潺的水聲，從心底流出
大地的聲音。

〈詩外〉要把自己和宇宙萬物接通，我試著透過植物探索大地的心聲。
　　　　（林煥彰）

我在，什麼都在

鳥在，鳥聲中；
水在，水聲裡；
樹在，樹林中；
我在，我心裡……

宇宙在，日月星辰
運轉不息

〈詩外〉有鳥自然就有鳥聲，我只換一種說法。笛卡爾說「我思，故我
在」，我說「我在，我心裡」，也是通的。（林煥彰）

夜的中央

蛙叫，在醒著的夜的中央

夜的中央在時間的中央
在黑白的中央冷熱的中央
在軟硬的中央方圓的中央
在動靜的中央睡醒的中央

我在，夜的中央天地的中央

〈詩外〉「中央」是時間也是空間，更是一種精神的；我在哪裡都不重
　　　　要，最重要的是「我在」。（林煥彰）

坐，請坐

坐，要有坐相

兩人坐在地上
左邊右邊，
都正襟危坐；

你想什麼，我不知道
我想什麼，你也不必知道

〈詩外〉從文字的形象來思考，我得到這首小詩；詩是無所不在的。
　　（林煥彰）

![小詩磨坊]

釣魚

魚不會和自已
開玩笑，有人和牠
開玩笑！

玩笑是，不能隨便開的
有些玩笑是
要命的

〈詩外〉我不知道釣魚的人如何思考「釣魚」這件事，我不能把它界定
　　　為「娛樂」。（林煥彰）

水的哲學

喜歡彎彎曲曲
小徑；柔柔軟軟搖搖擺擺
在重山峻嶺間，展現窈窕身材

彎彎曲曲，柔柔軟軟，她不喜歡
直接往下衝；瀑布除外

那是最後一條不歸路！

〈詩外〉「瀑布」那種粉身碎骨的性格，我不讚賞；我還是比較喜歡蜿
　　　蜒的細流。（林煥彰）

簡單之後

一直困擾我的問題，
還在重複；困擾我──

人，越單純越好吧
怎麼？我老學不會簡單

簡單之後，什麼問題
都簡單了嗎？

〈詩外〉想，不一定都能想得通；所以，還是要想。（林煥彰）

游向大海

魚會自己生小孩，
魚鱗，長出嘴巴
長出眼睛……

每片魚鱗，
都游出一條小魚……

游向大海。

〈詩外〉畫畫是一種思考；有次畫魚時，我突然想到：每片魚鱗都可以
　　　　畫成一條小魚。（林煥彰）

孤獨之外

一棵樹，寂寞的
面對孤獨；

孤獨，擁有
天地

和日月對話。

〈詩外〉寫詩，不在寫詩；我學會思考。思考，是做任何事情的準備工
作。（林煥彰）

生活 （3則）

1.

不生不活有生有活活活生生生生活活

2.

不可說說不可可不說說說可可不不

3.

每個人的一生都在為自己編寫故事。

〈詩外〉寫詩玩文字，也玩心情。（林煥彰）

小詩磨坊

鏡語

想找一張
好看的臉，給它機會
告訴它：人生是快樂的

不論正面，還是側面
有了沉重的心情
就無法改變

〈詩外〉美存在心中，醜也同時存在。（林煥彰）

採一把芒花

在基隆山，採一把芒花
給我的半半樓；

讓秋天也到屋裡來，陪冬天
一起等春天——

白是夠白嘍！雖非雪花
卻也夠鋪滿一層，白色地毯。

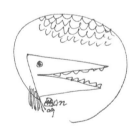

〈詩外〉這時節芒花是夠白了，有芒花的山頭，在陽光底下，遠遠望
著，也像下雪。（林煥彰）

小詩磨坊

半半樓的窗

山在窗下，路在蜿蜒下山的山腰上
蜿蜒下山……

海在山下，燈鑲在每個海灣伸長的脖子上
金光閃閃……

我的半半樓的落地玻璃窗，
讓山進來，讓海進來，也讓天空一起進來

〈詩外〉我在九份的半半樓，面向太平洋，下山的路是蜿蜒的，海灣一
　　　層又一層；入夜以後，燈火輝煌。（林煥彰）

馬華卷出版和編輯經過

林煥彰

　　《小詩磨坊‧馬華卷》的出版，在我推展六行以內小詩寫作的過程中，以我個人而言，我的高興不亞於泰華卷、新華卷的出版。按理說，馬華「小詩磨坊」的組織工作，始於2007年七月我應邀在北馬巡迴一周講座八場時，便向好友冰谷、蘇清強等馬華詩人作家提起，並預定2008年七月和泰華卷第二輯同時推出第一輯；可惜，我不擅利用電腦、電郵，未養成默契，一波三折；又2007年冬，我意外接到香港大學中文學院及校友會邀請函，在2008年春天擔任該校首屆「駐校作家」，前前後後投注不少心力及旅港長達兩個月駐校講學，就無力分心進行聯繫組稿、編輯等庶務，以致耽誤出版計畫的執行。

　　現在編校完這本「馬華卷」第一輯，內心沉重的負荷終算可以放下，該說感謝的話也得先說；首先，我要由衷感激我最敬愛的一位愛詩人，成功的企業家、傑出而有遠見的文化人：秀威資訊科技公司總經理宋政坤先生，他在台灣開創出版界具前瞻性的BOD電子印刷、行銷的文化事業，讓我們解決籌措出版經費的難題、得以不用有任何負擔就能在他公司順利出版正、簡體字兩種華文版，有平面紙本印刷和電子書，享受到科技發達所帶來的優勢，發行流傳於整個華語世界。

【編後記】

　　其次，要感謝的是秀威公司出版部經理林世玲小姐、責編「小藍」藍志成先生和他們堅強的編輯、印刷工作團隊，在他們不眠不休的配合之下，不到兩個月，就漂漂亮亮的讓我們同仁高高興興可以捧在手心、在吉隆坡2009年八月國際書展中、隆隆重重、風風光光的舉行《小詩磨坊‧馬華卷》第一輯新書發布會。

　　當然，我的馬華「小詩磨坊」七位同仁：召集人冰谷、聯絡人蘇清強及何乃健、晨露、朵拉、邱眉、馮學良，我也要由衷感激，沒有他們志同道合的精神贊同、支持以及實踐推展六行小詩的共同理念，我也無法編出這本馬華六行小詩「7加1」的合集；而且，我們還要持續從事創作這種精緻的小詩及其新美學的探討，每年出版一輯。

　　《小詩磨坊》詩集，今年出版「新華卷」第一輯（新加坡‧島嶼文化‧2月初版）、「泰華卷」第三輯（香港‧世界文藝‧7月初版）、「馬華卷」第一輯（台北‧秀威資訊科技‧8月初版），雖然離我自己規畫在亞洲地區華人最多的詩壇上建立「小詩磨坊」九大版塊，還差三分之二目標，但這是我2006年底離開工作職場之後，為詩所做的義務職之一，也是我延續在工作職場做得最久的一份文字編輯工作；能為各地詩友服務，在我退休之後，除了寫作、畫畫、演講、教學、開會之外，還能以這種方式與海內外詩友文友牽繫在一起，是我感到十分榮幸的。這也是我要給自己打氣的理由，祈求上蒼再給我十年健康的身體。

　　最後，還要說明的一點是：按慣例，《小詩磨坊》詩集在各地出版的編序中，均依同仁出生先後長幼為序，但和馬華同仁在一起，比起最年長的召集人冰谷兄，我卻多齒長了一歲，

可我是編者，不宜排在前頭，所以殿後。至於「代序」一文，原係去年在曼谷發布會中所做的演講稿之補充和修訂，為了能和馬華同仁及讀者有機會交流、共勉，對六行小詩新美學觀點上便於建立共識，故權充「代序」，多佔篇幅，是為罪過；尚祈同仁、讀者見諒。

2009.07.29 11:23.研究苑

國家圖書館出版品預行編目

小詩磨坊・馬華卷1 / 林煥彰主編. -- 一版. --
臺北市汐止市：小詩磨坊出版：秀威資訊
科技發行, 2009. 12-
　　冊；　公分. --（語言文學類；ZG0059）
繁體字版
BOD版
ISBN 978-986-85539-1-0（第1冊：平裝）

839.9　　　　　　　　　　　　　　98020711

語言文學類　ZG0059

小詩磨坊 ── 馬華卷①

作　　　　者 / 冰　谷　　何乃健　蘇清強　晨　露
　　　　　　　　朵　拉　　邟　眉　馮學良　林煥彰
主　　　　編 / 林煥彰
執 行 編 輯 / 藍志成
內 頁 插 圖 / 林煥彰
封 面 攝 影 / 黃素珍
圖 文 排 版 / 鄭維心
封 面 設 計 / 陳佩蓉
數 位 轉 譯 / 徐真玉　沈裕閔
圖 書 銷 售 / 林怡君
法 律 顧 問 / 毛國樑　律師
出 　 版 　 者 / 小詩磨坊
印 製 經 銷 / 秀威資訊科技股份有限公司
　　　　　　　台北市內湖區瑞光路583巷25號1樓
　　　　　　　電話：02-2657-9211　傳真：02-2657-9106
　　　　　　　E-mail：service@showwe.com.tw
經 　 銷 　 商 / 紅螞蟻圖書有限公司
　　　　　　　台北市內湖區舊宗路二段121巷28、32號4樓
　　　　　　　電話：02-2795-3656　傳真：02-2795-4100
　　　　　　　http://www.e-redant.com

2009 年 12 月　BOD 一版
定價：300 元

讀　者　回　函　卡

感謝您購買本書，為提升服務品質，煩請填寫以下問卷，收到您的寶貴意見後，我們會仔細收藏記錄並回贈紀念品，謝謝！

1.您購買的書名：＿＿＿＿＿＿＿＿＿＿＿＿＿＿＿＿＿

2.您從何得知本書的消息？

　□網路書店　□部落格　□資料庫搜尋　□書訊　□電子報　□書店

　□平面媒體　□ 朋友推薦　□網站推薦　□其他＿＿＿＿＿

3.您對本書的評價：(請填代號　1.非常滿意 2.滿意 3.尚可 4.再改進)

　封面設計＿＿＿　版面編排＿＿＿　內容＿＿＿　文/譯筆＿＿＿　價格＿＿＿

4.讀完書後您覺得：

　□很有收獲　□有收獲　□收獲不多　□沒收獲

5.您會推薦本書給朋友嗎？

　□會　□不會，為什麼？＿＿＿＿＿＿＿＿＿＿＿＿＿＿＿

6.其他寶貴的意見：＿＿＿＿＿＿＿＿＿＿＿＿＿＿＿＿＿

＿＿＿＿＿＿＿＿＿＿＿＿＿＿＿＿＿＿＿＿＿＿＿＿＿＿＿

＿＿＿＿＿＿＿＿＿＿＿＿＿＿＿＿＿＿＿＿＿＿＿＿＿＿＿

＿＿＿＿＿＿＿＿＿＿＿＿＿＿＿＿＿＿＿＿＿＿＿＿＿＿＿

讀者基本資料

姓名：＿＿＿＿＿＿＿＿＿＿　年齡：＿＿＿＿　性別：□女 □男

聯絡電話：＿＿＿＿＿＿＿＿　E-mail：＿＿＿＿＿＿＿＿＿＿

地址：＿＿＿＿＿＿＿＿＿＿＿＿＿＿＿＿＿＿＿＿＿＿＿＿

學歷：□高中(含)以下　　□高中　　□專科學校　　□大學

　　　□研究所(含)以上 □其他＿＿＿＿＿＿＿

職業：□製造業 □金融業 □資訊業 □軍警 □傳播業 □自由業

　　　□服務業 □公務員 □教職　□學生 □其他＿＿＿＿＿

To：114

台北市內湖區瑞光路 583 巷 25 號 1 樓

秀威資訊科技股份有限公司　　　收

寄件人姓名：

寄件人地址：□□□

(請沿線對摺寄回,謝謝!)

秀威與 BOD

BOD（Books On Demand）是數位出版的大趨勢，秀威資訊率先運用 POD 數位印刷設備來生產書籍，並提供作者全程數位出版服務，致使書籍產銷零庫存，知識傳承不絕版，目前已開闢以下書系：

一、BOD 學術著作—專業論述的閱讀延伸
二、BOD 個人著作—分享生命的心路歷程
三、BOD 旅遊著作—個人深度旅遊文學創作
四、BOD 大陸學者—大陸專業學者學術出版
五、POD 獨家經銷—數位產製的代發行書籍

BOD 秀威網路書店：www.showwe.com.tw
政府出版品網路書店：www.govbooks.com.tw

永不絕版的故事・自己寫・永不休止的音符・自己唱